CÉLINE RENOOZ

La Paix Glorieuse

Nécessité de l'intervention féminine pour assurer

LA PAIX FUTURE

Édification du Monde Nouveau par

LA RATIOCRATIE UNIVERSELLE

Le Nouveau Statut des Peuples

Dédié à Monsieur Wilson

Président des États-Unis

PARIS

PUBLICATIONS NÉOSOPHIQUES

9, Rue de La Tour (XVIᵉ)

1917

CÉLINE RENOOZ

La Paix Glorieuse

Nécessité de l'intervention féminine pour assurer

LA PAIX FUTURE

Édification du Monde Nouveau par

LA RATIOCRATIE UNIVERSELLE

Le Nouveau Statut des Peuples

Dédié à Monsieur Wilson

Président des États-Unis

PARIS

PUBLICATIONS NÉOSOPHIQUES

9, Rue de La Tour (XVIe)

1917

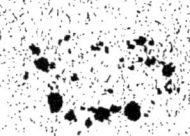

La Paix Glorieuse

Au moment où j'écris ces lignes l'Europe est en guerre depuis 33 mois et on ne prévoit pas encore la fin des hostilités.

Dans la réponse des Alliés au Président Wilson (Janvier 1917) nous lisons :

« Les buts de guerre impliquent de toute nécessité la réorganisation « de l'Europe, garantie par un régime stable et fondé aussi bien sur le « respect des nationalités et sur le droit à la pleine sécurité et à la « liberté de développement économique que possèdent tous les peuples, « que sur les conventions territoriales et les règlements internatio- « naux. »

C'est donc une organisation nouvelle de l'Europe qu'on attend, organisation garantie par un régime stable.

Quel sera ce régime nouveau ? Qui le proposera ? Quel sera le médiateur qui apportera les éléments d'une paix durable ?

Un journaliste, M. Hale, a dit ceci :

« La vérité est que nous sommes arrivés à l'époque fatidique de « l'histoire du monde où l'on espère que des paroles décisives sortiront « d'une bouche inspirée. Dans d'autres moments de crise, de grands hom- « mes se sont révélés pour faire face aux nécessités. Cette époque his- « torique se passera-t-elle sans avoir vu surgir l'homme que l'histoire « attend pour le couronner de lauriers impérissables ? »

(*Matin*, 6 janvier 1917.)

D'autre part, le pape Benoît XV écrit dans son « Manifeste pour « le Droit (Août 1915) :

« Qu'il soit béni celui qui le premier élèvera une branche d'olivier « et tendra la main à l'ennemi en lui offrant des conditions raisonnables de paix. »

On voit donc dans ce médiateur attendu qui proposera une paix durable et une base solide de réorganisation européenne quelque chose d'imprévu, d'inconnu... quelque chose qui est encore insoupçonné... mais fatal. C'est, en effet, ce qu'on attend le moins.

C'EST LA FEMME.

C'est l'intervention féminine qui assurera la paix future, parce que la Femme est au-dessus des conflits masculins parce que la Femme, c'est la MÈRE, le seul médiateur qui soit autorisé à proposer des condi- tions de paix pour faire cesser les luttes fratricides de ses enfants.

C'est elle, la Femme, la Mère, qui peut imposer des conditions nouvelles d'existence sociale, comme elle seule peut refaire une géné- ration nouvelle pour remplacer celles que le régime de l'homme a dé- truite.

La Femme seule peut réorganiser la vie morale et sociale de la Planète désorganisée par les révoltes de l'homme et y remettre de l'or- dre ; c'est elle aussi qui peut faire renaître le bonheur dans le monde et faire régner la paix désormais inébranlable.

Origine lointaine du désordre social

La société actuelle est en proie à un malaise qui a comme origine, d'une part la lutte des classes d'autre part la lutte des sexes. Ces deux questions se tiennent.

La lutte de sexe a précédé toutes les autres ; elle a ouvert la porte à la violation du Droit naturel et d'injustice en injustice le désordre s'est propagé dans la société tout entière ; tous les faibles ont été sacrifiés et la force a régné aidée par la ruse, par le mensonge, par la terreur.

Les hommes des temps anciens se sont groupés pour lutter, non pas contre des dangers physiques, mais contre l'autorité maternelle, contre le droit naturel de la Femme sur lequel s'était élevé la grande civilisation gynécocratique. Puis, quand ils ont triomphé, chacun voulant la première place dans le monde masculin, ils se sont battus entre eux pour le pouvoir.

On n'a inventé le militarisme que pour soutenir l'injustice et c'est l'envahissement progressif du régime de la force qui a fait régner partout la souffrance des masses et l'avilissement des femmes.

*
* *

Donc, les conditions d'une paix durable sont, d'abord le *rétablissement d'une autorité morale* qui fasse contre-poids aux instincts brutaux de l'homme.

Les lois morales doivent dominer l'ordre politique. Un « Traité de Paix » qui serait seulement écrit n'aurait aucune force ce serait un « chiffon de papier » de plus, il faut qu'il soit inscrit dans la conscience humaine, afin de durer dans la mémoire des peuples ; il faut qu'il soit l'écho de ce qu'on a très bien appelé « la conscience mondiale » et qu'il marque une date dans l'histoire : La réintégration de la Femme dans son Droit naturel.

.·.

Le traité de paix qui finira la Grande Guerre posera les bases d'une nouvelle organisation sociale. Ce ne sera pas seulement un nouveau partage de territoire, ce sera une constitution mondiale qui donnera satisfaction à toutes les justes revendications qui ont rempli le XIXᵉ siècle : celles des Socialistes, des Féministes, des Pacifistes, des Internationalistes, des Antimilitaristes, des Libre-penseurs et des savants libres.

Il faut que ce Traité soit la réparation de toutes les injustices du passé et qu'il ait pour mission d'empêcher les révolutions intérieures et les malaises sociaux qui pourraient les provoquer.

Ce « Traité » instaurera une civilisation nouvelle basée sur la Vérité absolue et la Justice intégrale. Et, dans ces conditions, il sera la réalisation de l'attente universelle.

Les Buts de la Guerre

Les hommes se battent pour deux motifs : pour conquérir des territoires et pour accaparer l'hégémonie spirituelle du monde.

La conquête des territoires a détruit l'ancienne division de la Terre partagée jadis en petites Nations ou Matries. Elle a créé l'unification politique des Grands Etats, c'est-à-dire agrandi la puissance de l'homme (d'*un* homme), ce qui a été le triomphe de la Force sur le Droit.

L'hégémonie spirituelle du monde a été le prétexte des guerres de religion qui ont ensanglanté la terre. Sous prétexte d'unification religieuse l'homme a jeté dans l'humanité un surnaturel absurde ; il a semé la terreur et étouffé la vérité.

L'unification politique de l'homme a créé le despotisme : son unification religieuse a créé le règne du mensonge.

Et la Femme a été victime de la politique des hommes comme elle a été victime de la religion du Prêtre.

La centralisation, c'est-à-dire l'unification masculine est toujours dirigée contre les libertés féminines et contre les progrès de l'Esprit. Aussi ces tentatives sont toujours suivies de débâcles. C'est ainsi qu'ont disparu les grands empires des Alexandre, des César, des Charlemagne, des Napoléon. C'est ainsi que disparaîtra celui de Guillaume II. Ce qui prouve bien que, sans le *Pouvoir spirituel de la Femme*, l'homme ne peut rien faire de durable.

Toutes les grandes ambitions masculines, sombrent à la fin dans l'oubli.

Les Césars romains ont voulu dominer le monde : ils ont créé la barbarie moderne et étouffé la civilisation antique. A mesure que la Rome brutale s'élevait, l'Esprit s'effondrait.

Par ses lois, ses armées, sa folie de conquête, l'homme a cherché les moyens d'assouvir ses passions. Il a trouvé la mort et la ruine, il a étouffé tous les bons sentiments qui existaient en son cœur, l'ivresse des bas instincts l'a dominé et l'a avili en le corrompant. Le régime masculin arrivé au pouvoir suprême a supprimé du monde toutes les libertés et tous les bonheurs et n'a créé que des désastres.

Seules les aspirations élevées, résumées dans l'idéal féminin (le Divin féminin) qui habite le cœur de l'homme et le domine peuvent créer des principes d'ordre spirituel et permettre aux hommes de s'unifier pour construire ensemble un monde nouveau et instaurer un âge de vérité, de vertu et de raison qui brillera par-dessus les Ages de ténèbres que la Terre a traversés.

La guerre ne peut avoir qu'un but légitime : Défendre le Droit, faire régner la civilisation.

Après la guerre brutale la lutte des idées surgira. Quand on aura fini de se battre sur le plan inférieur de la force on s'élèvera forcément sur le plan supérieur de l'Esprit et alors on cherchera *où est le Droit*.

Le Droit

Il existe un Droit absolu et un Droit fictif, c'est-à-dire relatif.

Le Droit absolu c'est le Droit *non écrit*.

Le Droit relatif, c'est le Droit écrit, celui qui est formulé par les législateurs et inscrit dans les codes actuels.

Le Droit naturel — *non écrit* — est celui qui a créé les anciens usages. C'est le Droit tacite d'autant plus certain qu'il est constant, parce qu'il prend sa source dans la nature des choses.

Dans le *Vedanta* livre sacré de l'Inde, nous lisons : « *Une mère est mille fois plus vénérable que le Père.* » C'est l'expression d'une vérité naturelle conservée dans le Droit *non écrit*.

L'usage a force de loi en l'absence des codes masculins et l'usage, c'est la sanction du *Droit naturel*. L'absolu du Droit est basé sur l'absolu de la science. Mais l'absolu n'existe pas pour beaucoup d'hommes qui le nient.

Or, une société basée sur le *relatif* repose sur une fiction et ne peut aboutir à aucune justice.

Accolas définit ainsi l'absolu du Droit : (dans l'*Idée du Droit*, page 19.)

« L'absolu du Droit, quant à sa direction générale, sa base, son idéal, c'est de garantir à chacun le libre exercice et la libre évolution de ses facultés ; d'assurer à chacun, sans distinction de race, ni de sexe, son autonomie, de former enfin, pour chacun, cette pleine et suprême liberté : *Le Droit inaliénable, le droit perpétuel de disposer de soi-même*. »

Montesquieu écrit en tête de son *Esprit des Lois* :

« Les lois sont les rapports nécessaires qui dérivent de la nature des choses. »

Il existe donc une *nature des choses*, c'est-à-dire des *Etres* qui forment l'ensemble du monde et qui doivent être reliés entre eux de la manière que commande et détermine leur nature.

Ce lien, ce rapport, voilà la Loi.

Mais J.-J. Rousseau, méconnaissant la *nature des choses* a dit : « La Loi est l'expression de la volonté générale ». Ce qu'on a entendu par « la volonté de tous les êtres du sexe mâle ».

C'est l'origine de la Démocratie masculine. Or, le nombre ne donne jamais le *Droit* parce qu'il ne donne jamais la juste compréhension des choses. Le nombre est, au contraire, la négation du Droit ; c'est une représentation de la Force.

Cependant si le nombre donnait des droits, c'est encore du côté des Femmes qu'on le trouverait (Il y a lieu d'établir après la guerre, une statistique *réelle*, afin qu'on sache de combien le nombre des femmes dépasse celui des hommes).

Mais ce n'est pas le nombre qui fait le Droit, c'est la nature des choses.

Le Droit est à la Mère sur ses fils, eût-elle douze fils parce qu'elle représente la Raison, l'Esprit lucide, sain et *saint*, et toutes les qualités inhérentes à une Mère.

Union des Races

Les conditions climatériques des pays divers, créent des différences ethniques, c'est-à-dire, physiologiques, psychiques et, par conséquent mentales des peuples.

Mais quel que soit le degré de leur intelligence, de leurs vertus ou de leurs vices quelle que soit la prospérité ou la pauvreté de leur commerce une chose les domine tous ; la *Loi des sexes*, qui fait que partout, sous toutes les latitudes, dans les coins les plus reculés de la Terre, on trouve les deux sexes représentés et toujours suivant l'inflexible loi de leur polarité inverse.

Donc, toutes les différences des peuples s'effacent devant cette loi générale qui les gouverne tous : Un Etre de raison et de bonté vit près de l'homme pour tempérer ses passions, pour empêcher ses mauvaises impulsions, pour prévenir ou réparer ses désordres, pour lui ouvrir la voie d'un idéal que seul, cet Etre peut lui donner. Sans ce concours avoué — ou inavoué — de la Femme, l'existence de l'homme est incomplète, incohérente, dangereuse même.

Il faut donc donner au conflit actuel une solution mondiale : concilier les différences de races, de langues et d'éducation, en les reliant toutes à un principe supérieur et universel : la Maternité.

« Toutes les races doivent contribuer à enrichir le trésor commun, dit M. Motta, chaque race a ses vertus et ses faiblesses, aucune race ne tient de la Nature le droit de gouverner le monde ; opposer les races l'une à l'autre est une atteinte à la civilisation. » (Discours à la Société Helvétique des Sciences Naturelles à Genève. Septembre 1915.)

Rétablissons l'harmonie sociale du monde en la basant sur la science éternelle et universelle, celle qui reconnaît et fait reconnaître par tous l'immuable « Loi des Sexes ». Cette loi porte en elle toutes les solutions sociales.

Quand les chefs d'Etat comme les derniers des citoyens, auront reconnu cette « Loi », quand ils comprendront les aspirations psychiques et spirituelles de tous les peuples, ils s'uniront dans une fraternité consciente pour conduire le monde nouveau à son but grandiose : L'HARMONIE UNIVERSELLE.

L'homme a unifié le monde par son industrie qui ne connaît pas de frontières, son commerce est international, sa puissance économique est mondiale, il a créé des moyens de transport, une télégraphie sans fil qui fait courir la pensée à travers l'espace avec la vélocité de l'éclair — et, malgré toutes ces merveilles, le désordre subsiste, les divers peuples se déchirent, la haine les divise et quand les hommes se concertent entre eux, ce n'est pas pour faire le Bien, c'est pour faire le Mal, pour se donner mutuellement la mort ou créer des entraves à la liberté des autres.

Il faut changer tout cela et se mettre sur un terrain nouveau pour réaliser un accord solide entre les divers peuples, pour se concerter, en vue du Bien général, sur les bases d'une vérité démontrée : La différence psychique des sexes.

Les barrières élevées par l'égoïsme des orgueilleux ou la rapacité de l'homme injuste pour isoler la Femme sont condamnées à tomber en poussières.

Le flot de la grande marée humaine s'avance et va ruiner les fondements du vieux monde ; aucune muraille élevée par les homme ne peut plus empêcher la lumière de l'Esprit féminin de pénétrer partout. Déjà dans toutes les nations les femmes s'assemblent, s'unissent, pour une action commune.

L'humanité ne peut plus avancer dans la voie du progrès sans compter sur la Femme, sans marcher avec elle dans les sentiers qu'elle éclaire ; ensemble les deux sexes forment un faisceau serré qui leur donnera la force nécessaire pour soulever le monde embourbé dans l'ornière du Mal et lui donner une impulsion nouvelle vers le grand idéal attendu ; ensemble ils édifieront le monde nouveau.

L'équilibre social ne peut reposer que sur l'action des deux sexes donnant chacun son effort dans le travail commun.

En supprimer un, c'est vouloir faire marcher l'humanité sur une seule jambe.

Le Principe des Nationalités

Le principe des Nationalités est opposé au principe des grandes Patries envahissantes.

La Nation, c'est le lieu où une race a vu le jour ; elle est unie par des caractères ethniques et parle la même langue. C'est l'antique *Matrie*, le pays de la Mère, puisqu'on ne peut naître qu'où la Mère se trouve.

Au début la nation ne dépassait pas les limites de ce que l'obédience maternelle peut diriger.

La Patrie, c'est le principe de l'Empire romain. Elle s'est appuyée sur le despotisme de la puissance impériale ; sur le militarisme et sur un code de lois qui donnent à l'homme le droit de vie et de mort sur la femme sur l'enfant sur l'esclave.

Pour empêcher de nouvelles conflagrations mondiales, il faut supprimer les *Patries* et rétablir les *Nations* : le morcellement des grandes Patries en petites Nations fera disparaître les empires envahissants et rendra à la Terre son ancienne division territoriale.

Les conquêtes brutales des grandes Patries ont représenté dans l'histoire la force contre le droit.

Le mot Patrie est une expression factice mise à la place de la réalité bienfaisante que contient le mot Nation.

Les conquérants, pour enrôler les hommes dans leur cause, ont fait du mot Patrie le synonyme de Honneur, alors que l'honneur des Nations consiste dans le respect des décisions de la raison, non dans les actes de despotisme.

M. Émile Bergerat a publié dans le *Figaro* du 15 septembre 1915, un article intitulé *La Matrie* qui se termine par ces mots :

« Chez les Doriens qui firent Sparte, la patrie s'appelait : la Matrie.
« Je ne sais pas pourquoi ce paronyme me charme. Il me semble qu'il
« caractérise la différence qu'il y a entre nos ennemis et nous, dans le
« but et les moyens de cette guerre et qu'il en fixerait le sens historique.
« Puisqu'ils font mentir jusqu'au mot de Patrie et presque le déshonorent,
« il devient opportun de leur laisser peut-être et d'adopter celui de
« Sparte, si tendre, si fier, si latin, si français : la Matrie. Je le propose
« au peuple de Jeanne d'Arc, de Danton, de Victor Hugo et de Joffre. Que
« n'ai-je la plume tremblante d'amour d'un Michelet pour verbaliser l'é-
« motion nouvelle qu'évoque en moi ce souvenir classique et qui me
« donnera la puissance de la communiquer à ceux qui mènent la lan-
« gue.

« Il y a quatre grands peuples réellement unifiés et ayant droit
« de chanter *la Marseillaise* ; ils combattent côte à côte pour l'unité
« des petits et leur libération aussi, et quelque chose leur est venu de
« plus familial que le patriotisme d'hier. Allons enfants de la Matrie !...
« Voulez-vous ? »

Les victoires guerrières *du plus fort* ont marqué la fin des auto-
nomies nationales, avec leurs libres effervescences sociales · avec leur
idéal de liberté, de solidarité, de justice. Cet ancien système de vie doit
refleurir et remplacer celui qui a été créé par les grandes Patries.

C'est un besoin impératif.

Le formidable conflit européen doit servir à libérer l'Europe de son
ancienne servitude, il doit assurer la *Victoire du Droit*, briser les chaî-
nes du passé qui pèsent encore sur les faibles, affranchir l'humanité de
toutes les dominations tyranniques qui, sous des noms divers existent
encore, sacrifient des vies, suppriment les libertés, régentent l'humanité
à leur profit.

La fondation d'un régime nouveau qui apportera la paix stable et
définitive, sera la revanche du Droit des peuples martyrs, des classes mar-
tyres, du sexe martyr ; chacun sera à sa place et respectera la place
d'autrui, ce sera un régime de loyauté, sans espionnage, sans fonds
secrets, sans mensonges de Presse, sans bluff, sans intrigues d'aucun
genre. Ce sera une union pour la liberté entre tous les peuples — comme entre les deux sexes — tous unis dans une même pensée, dans un
même intérêt.

Pas de Paix séparée. ont dit les Alliés.

Nous disons comme eux. pas de paix pour les sexes séparés, la Paix
pour les Nations tout entières, comprenant tous leurs habitants, hommes et femmes. Une *Trève sacrée* s'impose entre les deux sexes ; tout
ce qui divise d'humanité doit disparaître, une seule revendication doit
prévaloir, celle de la Raison contre la folie des guerres.

La libération de l'Europe dépend de la Femme. Elle seule peut
supprimer les régimes de terreur, les gouvernements de contrainte, les
oppressions brutales.

En réalité, ce ne sont pas les peuples qui sont conquis et oppri-
més, c'est le sexe féminin, c'est lui qui subit le martyre de la défaite
depuis des siècles sous une loi féroce et brutale sous un joug odieux.
Cette guerre doit être pour la femme une guerre de délivrance elle doit
faite éclore un même idéal d'affranchissement de tous les esprits.

Quand la Terre tout entière ornera une vaste *Matrie* quand elle
sera divisée en petites Nations vivant sous la direction morale des Mères (celles que l'antiquité appelait des Déesses-Mères) la guerre des hommes sera impossible parce que la première préoccupation des Mères,
leur premier devoir sera d'empêcher la fabrication des armes homicides et
des engins de destruction, chacune dans sa Juridiction.

On ne se tuera plus *quand on ne pourra plus se tuer*.

L'homme par sa conduite, a montré que le commandement du Dé-
calogue « Tu ne tueras pas » a été impuissant à le contenir. Il n'a pas
obéi à *une loi*, il faut donc le traiter comme l'enfant qui n'obéit pas à
la recommandation maternelle, il faut lui ôter des mains l'arme dangereuse.

Centralisation Spirituelle

Le mouvement qui entraîne le monde vers une centralisation politique donnerait une puissance sans limite au plus grand envahisseur, au plus despote, qui détruirait toute liberté sur son passage, empêcherait toutes les initiatives et créerait un esclavage universel, sous la domination, d'un seul — le pire.

Mais si nous changeons le but du mouvement et faisons aboutir à l'Esprit de Vérité et non plus à la Force la centralisation mondiale, loin de créer un despotisme, nous libérerons le monde de toutes les erreurs qui l'ont asservi.

Il faut donc créer un centre international d'initiation où les hommes de tous les pays viendront s'assimiler la connaissance des lois de la Nature.

C'est sur cette fondation que s'élèvera l'édifice à venir d'un monde meilleur, qui assurera la paix définitive, parce que ce foyer commun de tous les hommes de bonne volonté et de bonne foi, les groupera fraternellement autour d'une mère commune : la Science.

L'humanité n'atteindra les sommets suprêmes qu'en unissant ses efforts pour terrasser l'esprit du Mal, le mensonge et l'erreur.

Union dans la Vérité

La paix mondiale existera quand la même lumière éclairera toutes les nations et les unira dans un même but — une véritable union sacrée.

La paix par la force ne sera jamais la paix. On ne peut établir la Paix définitive que par la Science.

Une seule cause peut justifier la guerre : la lutte pour la Vérité contre l'erreur.

Depuis que l'erreur règne l'âme des foules est écrasée par l'égoïsme des Oligarchies régnantes (religieuses ou laïques), fauchant tout dans leur poursuite insensée de la domination, de la gloire, de l'argent — et détruisant le rêve sacré de l'unité des esprits dans la Vérité absolue.

Or, l'heure est venue de supprimer tous les despotismes et toutes les orthodoxies pour faire place à la Vérité qui ne s'impose pas par la Force, mais se propose par la douceur. L'heure est venue de clore l'ère des persécutions.

L'homme n'a pas plus le droit de se battre pour posséder la terre qui ne lui appartient pas — qui est à tous — qu'il n'a le droit d'imposer par des lois, des décrets, des diplômes, l'enseignement des erreurs sur lesquelles le despotisme s'appuie. L'homme ne possède pas la Vérité.

C'est la Femme qui, dans le passé, lui a révélé les seules vérités qu'il ait connues. Cette divine étincelle, jaillie du cerveau féminin, ne connaît ni races, ni frontières, elle brille partout où elle pénètre et peut susciter partout des courages spontanés, des ambitions saines, des aspirations de la conscience humaine qui lèveront pour la défendre l'armée sacrée des meilleurs.

Par sa vertu qui peut vivifier tous les cœurs, la Vérité retrouvée peut devenir le drapeau du Bien dans le monde entier. Aucune puissance masculine ne devrait faire obstacle à la mission sacrée de l'Esprit féminin qui répond aux aspirations universelles ; c'est au contraire un devoir pour tous de la protéger.

Le monde actuel est un corps social dans lequel la flamme vitale, sans cesse diminuée, va s'éteindre tout à fait si elle n'est renouvelée.

Nous vivons sous le régime de l'universelle imposture ; le caractère qui domine tout, c'est le mensonge, la vaine apparence des choses, — qui furent réellement grandes et saintes dans les temps passés, mais qui se terminent en comédies, en simulacres ; c'est l'achèvement de toutes les parodies.

Carlyle dit de la Religion :

« Un luminaire ecclésiastique qui surplombe suspendu à ses vieilles attaches vacillantes, prétendant être une lune ou un soleil, quoique visiblement ce ne soit plus qu'une lanterne chinoise composée surtout de papier avec un bout de chandelle qui meurt malproprement dans son trou. »

Pour refaire la société, il faut remonter à la source des idées, reprendre l'œuvre tout entière, reconstituer l'évolution mentale, édifier la science et rectifier l'histoire. Tout l'enfantement de l'avenir va jaillir de l'invincible royaume de la Pensée.

La Ville Sacrée

Jamais l'heure n'a été plus propice pour rassembler la famille humaine sous un même drapeau.

Mais cet accord n'est possible que s'il est réalisé dans un centre intellectuel, une *Ville sacrée*, où viendront les représentants des puissances mondiales.

C'est ainsi seulement qu'on établira une entente entre les hommes de toutes les nations.

Cette centralisation des connaissances dans une capitale scientifique du monde, où elles seront apportées et étudiées, fera cesser les conflits sans hostilité, sans persécution. Le seul ennemi que nous allons avoir à vaincre, c'est l'orgueil.

L'orgueil de l'homme inférieur a disloqué la charpente sociale, il a créé le mensonge, généré l'injustice, encouragé le vice et ainsi mis en péril la paix mondiale et les vies humaines.

Aujourd'hui un changement s'annonce dans l'Univers tout entier.

La responsabilité de la Femme, qui a laissé faire le mal, commence à s'éveiller, elle comprend sa mission spirituelle, c'est-à-dire féminine, elle va bientôt comprendre tout-à-fait qu'elle a des devoirs envers la génération qui monte, qu'il faut que l'Enfant soit dès à présent guidé dans la bonne voie, que c'est à Elle qu'incombe le devoir sacré de lui faire gravir des sommets plus hauts.

Sur tous les points de la Terre, les hommes s'apprètent à ce changement et attendent avec impatience qu'il se manifeste. Ils conviennent que la puissance vraie ne peut leur venir que par la Fraternité universelle, l'unification générale dans une communion supérieure, réalisant l'harmonieuse ascension des deux sexes réconciliés dans la suprême Vérité.

Les ouvriers de la Grande œuvre élèveront la Ville sacrée — qui deviendra la Cité éternelle — parce qu'elle sera la Ville de la *Rédemption*, c'est-à-dire celle où la science fut *redonnée*.

C'est le *Traité de Paix* qui va clôturer la Grande Guerre qui devrait être le premier document historique de cette rénovation mondiale.

Voici comment je le rédigerais, si j'avais l'honneur d'être appelée à en proposer les clauses.

Traité de Paix

ARTICLE PREMIER

L'humanité toute entière souffrant de la guerre, c'est à Elle et non à la Diplomatie qu'il appartient de se faire représenter pour signer le Traité de Paix.

ARTICLE 2

Ce Traité doit contenir les conditions d'une Paix durable qui ne pourra plus, dans l'avenir, être troublée par de nouvelles guerres.

ARTICLE 3

Les guerres ont plusieurs causes : d'abord l'agrandissement des Patries en territoire et en puissance commerciale. Pour supprimer ce facteur de guerre, il faut réorganiser les *Nations* qui sont le véritable lien ethnique qui unit les peuples entre eux.

ARTICLE 4

La fédération universelle des Nations empêchera le retour à l'envahissement des Patries.

ARTICLE 5

Les guerres ont aussi pour causes les efforts faits par certaines castes pour conquérir l'hégémonie spirituelle du monde.

On supprimera ce ferment de désordre en créant un centre intellectuel, une capitale spirituelle du monde où toutes les doctrines seront examinées et où la Vérité sera enseignée.

ARTICLE 6

L'organisation intérieure des *Nations* sera basée sur les lois éternelles de la Nature et non plus sur des conventions mensongères.

ARTICLE 7

Reconnaissant que deux facteurs régissent l'humanité, mais sont inversement représentés dans les deux sexes : la *Force* et l'*Esprit*, l'organisation intérieure des Nations sera basée sur ce principe : *l'Esprit dirige, la Force protège*.

ARTICLE 8

La Fédération universelle des Nations organisera les relations internationales. Elle créera des centres pour s'entendre sur les questions commerciales, industrielles, maritimes et autres. Des délégués des nations choisis parmi les plus compétents, y échangeront leurs vues sur ces questions diverses, sans que jamais aucun conflit puisse en résulter.

ARTICLE 9

Si, malgré cela des discordes surgissaient, ce serait aux Mères chargées de la direction spirituelle des Nations à les juger.

ARTICLE 10

Les Mères directrices des Nations s'engagent à empêcher la fabrication des armes homicides et autres engins de mort, sur le territoire de leur obéissance.

Elles s'engagent aussi à supprimer tous les facteurs de dégénérescence humaine, tels la morphine, l'alcool, etc...

ARTICLE 11

Presque tous les Etats d'Europe étant endettés, prélever des indemnités de guerre sur l'un ou sur l'autre, c'est mettre à contribution des gens sans responsabilité dans le mal fait par quelques-uns seulement.

On ne doit faire payer des dommages de guerre que par les souverains, leurs héritiers et leurs complices, qui sont les grands fabricants d'armes meurtrières et les grands chefs militaires.

ARTICLE 12

A ce traité de Paix est joint un projet de Constitution mondiale de la société future, basé sur la Raison et non plus sur la Force.

Il est intitulé Ratiocratie universelle et servira de base à l'organisation des Nations.

(Cette constitution a été écrite en 1912. Si on en avait tenu compte et l'avait mise en pratique, la Grande Guerre n'aurait pas eu lieu et des milliers de vies auraient été sauvées.)

Ratiocratie Universelle
Régime Nouveau basé sur le règne de la RAISON (1)

L'attente d'un régime nouveau est universelle. La société toute entière — quelle que soit la nation dans laquelle on l'examine — traverse en ce moment une crise qui cause un malaise général.

Nous assistons à l'effondrement d'un monde. Ce n'est pas tel ou tel parti qui s'écroule, c'est un régime qui finit. Tous les anciens pouvoirs sont discutés, toutes les vieilles autorités sont renversées, tous les dog-

---

Le mot *Ratiocratie* veut dire « Gouvernement de la Raison ».

me sont dénoncés ; c'est un chaos au milieu duquel la société désorientée est en enfantement : elle veut renaître sous un forme nouvelle.

Ce n'est pas un changement d'hommes qu'on attend (on a donné le pouvoir à ceux qu'on a cru les meilleurs et ils n'ont pas pu gouverner), c'est un changement profond dans l'organisation sociale tout entière. Ce sont des institutions nouvelles qui ne soient plus des entraves à la vie, mais, au contraire, des moyens de développer tout ce qui épanouit l'être, tout ce qui l'élève, tout ce qui peut le faire rayonner dans la lumière et dans la joie.

Le régime nouveau doit être la revanche du bonheur sur l'ère de douleur que l'humanité vient de subir.

.·.

Pendant 2.500 ans l'humanité a vécu sous un régime d'incohérences fait de toutes les folies accumulées.

— *Folie de la domination* qui a voulu tout soumettre à l'ambition de quelques despotes qui prétendaient dominer la terre, se déchirant entre eux, ou, plutôt sacrifiant leurs peuples pour eux.

— *Folies des dogmes* qui a imposé des croyances ineptes, des morales absurdes et cruelles qui ont enserré l'âme humaine dans un carcan de douleur et ont avili les races.

— *Folie d'accaparement* de richesses folles, entassées par les plus audacieux et les plus rusés aux dépens des masses réduites à la gêne et à la misère.

— *Folie de la réglementation* de ceux qui se sont crus autorisés à faire des lois, des règlements, des décrets pour diriger la vie des autres, pour leur donner la permission d'agir, la permission d'écrire la permission de parler, la permission de penser... et même de respirer puisqu'ils ont fait de tous les actes de la vie des prétextes pour prélever des impôts, réduisant l'humanité à l'état d'automates mus par un réseau compliqué d'ordonnances et sans cesse surveillée pour saisir et punir le moindre écart de cet assujettissement voulu.

.·.

Le vieux monde n'a été fait que de paradoxes et de contradictions — ses dirigeants qui se font toujours acclamer par le peuple inconscient comme des sauveurs parlent de paix, de concorde, d'alliances, — et ils ne cherchent que la guerre.

— Ils nous ont parlé de morale religieuse ou de morale civique, ils se sont battus pour l'enseignement religieux ou laïque, — et jamais on n'a eu moins d'éducation et plus d'ignorance que de nos jours. Jamais on n'a été aussi loin dans toutes les immoralités, jamais la femme n'a été aussi outragée, aussi méprisée.

— Ils nous ont parlé du progrès industriel, de la richesse des nations, de l'extension du commerce, comme si une industrie qui crée le bien-être et le luxe pour une petite minorité était un progrès, — alors que la grande majorité des humains, qui n'est pas appelée à en profiter, vit plus misérablement qu'à l'époque où on ignorait ces grandes industries.

Le régime qui finit a été fait

— De l'aberration politique des conquérants ;

— De l'aberration mentale des dogmes ;

— De l'aberration économique des financiers.

Pour ces puissants du vieux monde, gouverner c'est pressurer, c'est contraindre, c'est réprimer, c'est punir.

Pour nous gouverner c'est faire vivre dans l'épanouissement de l'être et dans la sécurité de l'existence, c'est donner aux autres ce qu'ils n'ont pas ce n'est pas leur prendre ce qu'ils ont, c'est diriger avec sagesse la vie collective des peuples parce que l'ordre ne peut régner dans une collectivité que si une pensée supérieure l'organise.

Dans une *Ratiocratie* toute cause de misère, de gêne, de souffrance, de folie doit disparaître.

La *Ratiocratie* c'est la révolte logique de la Raison exaspérée qui veut reprendre ses droits.

Vivre suivant la Raison c'est organiser la vie dans le but de donner à la nature humaine .

Son plus grand développement intellectuel ;

Son plus grand bonheur moral ;

Son plus grand bien-être matériel.

* *

La Raison c'est le Droit suprême, celui qui plane par dessus les hommes, car la définition du Droit c'est : Le privilège de la Raison, opposé à la Force.

La suprématie de la Raison c'est la Supercratie, le gouvernement par en haut, c'est-à-dire par ce qui est incontestablement supérieur.

* *

L'œuvre qui doit servir de base à ce régime nouveau est faite depuis longtemps, mais elle a été sourdement persécutée par les *Puissances de réaction* qui ont employé tous les moyens connus pour empêcher sa divulgation et retarder sa réalisation sociale.

Nous apportons le plan d'un régime complètement nouveau répondant à l'aspiration générale de l'humanité. Ce régime qui s'édifiera sur les ruines de toutes les religions et l'impuissance de tous les partis politiques qui en sont issus, est :

Un retour à la Nature ;

Un retour à la Vérité ;

Un retour à la Raison.

Constitution Universelle

Pour régénérer la vie intellectuelle, la vie morale et la vie matérielle de l'Humanité.

Le Nouveau Statut des Peuples

Résumant en 10 articles les règles législatives qui déterminent le Droit naturel et le devoir de chacun.

ARTICLE PREMIER

LA LÉGISLATION

La Nature est régie par des Lois. Ce sont ces lois qui doivent régir la vie humaine. L'homme n'a pas le droit de faire une législation qui entrave celle que la Nature a faite. Les caprices humains décorés du nom de « lois » n'ont jamais été que des sanctions données à l'injustice.

Au lieu d'accorder aux hommes le droit de faire des lois nous les invitons à venir étudier celles qui régissent la Nature. Les lois fondamentales de l'Univers sont les bases mêmes de la constitution universelle. La connaissance que les hommes en ont est la source de leur supériorité. Ils s'engagent à ne pas les laisser altérer, profaner, détruire, comme ont été profanées, altérées, détruites les mêmes « Lois » déjà formulées dans l'antiquité (1).

ARTICLE 2   H

LE DUALISME HUMAIN

La Nature a fait deux grandes divisions dans l'Humanité : les sexes qu'elle a créés différents, leur donnant à chacun des facultés spéciales.

Chaque sexe doit avoir dans la société nouvelle le rôle que ses facultés lui assignent.

Pour le connaître et l'accepter les hommes et les femmes ont le devoir d'étudier « La loi des sexes ».

ARTICLE 3

LA HIERARCHIE NATURELLE

Dans les deux divisions humaines, c'est-à-dire dans chaque sexe, il existe une hiérarchie naturelle créant des degrés d'intelligence qui assignent aux hommes dans leur série, aux femmes dans la leur, une place marquée.

---

(1) Quand nous parlons des *Lois de la Nature* nous entendons la Vérité *restituée* déjà trouvée et formulée dans le passé par l'*Esprit* féminin, mais persécutée et anéantie dans les siècles de ténèbres que nous venons de franchir ; nous n'entendons pas les hypothèses que les persécuteurs leur ont substituées. C'est la résurrection de l'*Esprit féminin* qui restitue la Vérité absolue et la Justice intégrale, base de la *Rattocratie*.

Chacun a le devoir de rester au rang que la Nature lui assigne et de faire dans la société ce que ses facultés personnelles lui imposent.

L'usurpation d'un rang supérieur est la cause du désordre social.

ARTICLE 4

LA DIRECTION DES CONSCIENCES

Le rôle social de la Femme dans la société nouvelle est de diriger les consciences, de réorganiser l'éducation, d'aider les hommes à s'élever vers le plan supérieur qui est celui de l'Esprit féminin.

— Elle est l'inspiratrice — donc elle doit diriger ce qui dépend des facultés de l'esprit.

Elle est la conciliation — donc elle doit rendre la Justice, c'est-à-dire empêcher les délits par une éducation nouvelle et un justice sociale qui les rendra inutiles.

La Femme est l'autorité morale usurpée par les prêtres de toutes les religions.

On lui doit le respect parce que dans l'exercice des fonctions que ses facultés lui confèrent elle n'exerce aucune pression, aucune violence, aucun ruse, elle est l'expression de la *Raison* qui ne s'appuie par sur la police ou les armées mais sur la démonstration et la persuasion.

Le despotisme et la tyrannie sont l'expression de l'autorité brutale usurpée par les inférieurs qui n'y ont pas droit.

ARTICLE 5

PREVOYANCE SOCIALE

La femme est aussi la Prévoyance et l'Economie. Dans l'antiquité on l'appelait la *Providence* (*Providere* celle qui pourvoit). Donc c'est elle qui doit s'occuper des questions économiques afin d'assurer la vie matérielle à chacun, car le premier besoin des gens est d'être logés, nourris, vêtus, Gouverner c'est d'abord assurer à chacun la satisfaction des besoins matériels.

Une nation dans laquelle il y a des gens qui ne sont pas logés, nourris, vêtus, est une nation qui n'est pas gouvernée.

La *Ratiocratie* remplacera le Ministère de l'*Intérieur* qui surveille et châtie — par le Département de la *Prévoyance sociale*, qui s'occupera d'assurer à tous (Enfants, vieillards, adultes, les nécessités premières de l'existence.

On emploiera aux besoins du Peuple l'argent de la Nation que l'ancien régime donne aux folies coûteuses comme les guerres, qui au lieu de faire vivre les hommes les envoyent se tuer sur les champs de bataille.

ARTICLE 6

ORGANISATION DU TRAVAIL

C'est parce que le travail est mal organisé que l'humanité souffre.

Chacun, en naissant, dans une société bien organisée, est tenu de prendre sa part du travail social.

Une sage organisation mettra en activité toutes les facultés de manière à en faire une source de bien-être, de progrès et de richesse.

Mais pour que le travail soit organisé avec ordre il faut qu'il ait des *directeurs* pris parmi ceux qui occupent les premiers rangs de la hiérarchie masculine, sans toutefois que ces fonctions soient inamovibles.

C'est aux syndicats à désigner les plus compétents, dans chaque spécialité, pour diriger les autres.

Les syndicats sont autonomes et ne dépendent d'aucune législation étrangère à eux. Ils font chacun leurs règlements et créent leurs commissions exécutives.

C'est le régime des capacités. Il comprend tous les travaux de la terre : Agriculture, mines, voies et communications, industries, construction, alimentation etc., etc...

Personne ne doit avoir besoin de chercher du travail parce que les syndicats doivent veiller à ce que personne n'en manque.

Le travail est un *devoir* social qui donne à chacun le *droit* au bien-être matériel puisque chacun a contribué à en produire les éléments. La vie matérielle doit-être la même pour tous parce que c'est l'entretien du corps que tous possèdent.

Il est illicite d'acquérir des richesses par des moyens détournés afin de s'affranchir du travail obligatoire.

ARTICLE 7

LA FAMILLE REFORMEE

La vie morale qui comprend les relations intersexuelles doit être réorganisée.

C'est à la Femme, directrice des consciences, à réformer les mœurs. A elle incombe le devoir de donner l'enseignement des lois de la morale, c'est-à-dire de la science de la vie et du bonheur qui doit servir de base aux relations de l'homme et de la femme.

La réforme de la famille, que nous proposons, rendra à la Femme la dignité qu'elle a perdue sous le régime du mariage et de la prostitution et lui donnera la sécurité qu'elle ne peut pas avoir dans un monde régi par des lois faites contre elle.

La Famille réformée créera de nouvelles conditions économiques qui changeront complètement les mœurs et assureront la sécurité, le bien-être et l'éducation des enfants.

ARTICLE 8

L'INSTRUCTION PUBLIQUE REORGANISEE

La « Reviocratie » doit assurer le développement intellectuel et le progrès mental de l'humanité par ne complète réorganisation de l'Instruction Publique.

Le régime nouveau, étant basé sur *la Vérité absolue* (1), n'aura plus à entretenir aucun mensonge social, il bannira toutes les erreurs, enseignera toutes les vérités condamnées comme dangereuses dans le vieux monde des ténèbres qui ne voulait aucune lumière et tenait le troupeau humain — et surtout les femmes — dans l'ignorance de la vraie science et de l'histoire réelle pour mieux les dominer.

C'est parce que « celui qui a *la science à la puissance* », qu'on a hypocritement caché toute la vérité.

Le régime nouveau supprime les mensonges entassés dans l'histoire depuis que les premiers histrions, précurseurs des historiens modernes, l'ont falsifiée, il supprime la suprématie des fourbes et fait place à l'*Esprit de Vérité*.

ARTICLE 9

LA SANTE DU CORPS ET DE L'ESPRIT

Un régime basé sur le règne de la Raison doit assurer à tous ce que le vieil adage latin appelait :

Mens sana in corpore sano.

Il y a donc lieu de créer une nouvelle science de l'hygiène alimentaire, physiologique et mentale, basée sur les *Lois de la Nature* que les Universités n'enseignent pas (ne connaissent pas, du reste), qu'elles persécutent au contraire, pour sauvegarder les intérêts et les privilèges du corps médical, qui ne désire pas la disparition des maladies.

La *Ratocratie* remettra la vie dans ses conditions normales et ainsi la prolongera et fera disparaître les maladies, l'alcoolisme et la folie.

Elle introduira une profonde réforme aussi bien dans l'enseignement médical que dans la pratique de la médecine. Ce sera la suppression du charlatanisme et de l'ignorance qui tuent autant le monde que la guerre.

ARTICLE 10

LA PAIX UNIVERSELLE

La constitution humaine est universelle ; elle s'applique à tous les hommes qui sont frères en Humanité puisqu'ils sont régis par les mêmes lois de la nature.

Il existe des races mais elles sont toutes soumises aux lois humaines.

Les nationalités sont des divisions factices qui n'ont de prétexte que la différence des langues.

Ceux qui parlent la même langue sont des compatriotes. La différence des langues ne peut, du reste, jamais faire que deux hommes soient ennemis s'ils expriment les mêmes idées avec d'autres mots.

_____

(1) Quand nous écrivons le mot *absolu* nous entendons l'absolu de l'*Esprit féminin*.

AVENIR DE L'HUMANITE

Le résumé des 10 articles de cette constitution universelle c'est que le devoir de l'Humanité toute entière est de créer des races meilleures afin de prolonger la nouvelle civilisation et de retarder la dégénérescence finale.

CONCLUSION

LA GUERRE EST ABOLIE

La nation qui, la première. établira le règne de la Raison aura, par cela même, un tel prestige dans l'Univers que personne n'osera lui faire la guerre (1).

Quelle est la nation qui avouera qu'elle attaque un régime rationnel fait de Vérité absolue et de Justice intégrale, alors que tous les conquérants appuient leurs prétentions envahissantes sur le vain prétexte de porter avec eux la civilisation ?

Faire la guerre à la Raison c'est s'avouer inférieur. Quel peuple civilisé osera prendre ce rôle méprisable ? Tous, au contraire, mettront leur honneur à suivre le mouvement émancipateur, commencé par la première Matrie quand elle déployera ses ailes dans la lumière d'une science nouvelle, d'une morale nouvelle, d'une vie nouvelle !

Quelle gloire pour elle si à l'endroit où l'ancien régime militaire avait élevé des forteresses, la Ratiocratie édifiait des Universités nouvelles d'où la Vérité qu'elle restitue jetterait sa lumière sur le monde à la place même où les mitrailleuses avaient jeté la mort.

Qui oserait attaquer la Nation qui, après 3.0000 ans de ténèbres, viendrait restituer les bases antiques de l'*Age d'or*.

---

(1) A propos de la Paix future Lloyd George disait dans un discours prononcé le 12 avril 1917 au « Lunchon Club » américain : « Je puis voir la paix qui arrive, non une paix qui serait le commencement de préparatifs pour une lutte sans fin, mais une paix sans fin, mais une paix réelle, *telle que notre monde n'en a jamais connu.*

« D'étranges choses se sont produites dans cette guerre. *Il s'en produira de plus étranges encore.* Il y a six semaines, la Russie était une autocratie; elle est maintenant une des démocraties les plus avancées du monde.

Aujourd'hui nous faisons la guerre la plus dévastatrice qui ait jamais été vue ; dès demain, peut-être, la guerre sera rayée pour jamais de la liste des crimes de l'humanité. »

Imp. PIGALLE, 20, boul. de Clichy, PARIS

www.ingramcontent.com/pod-product-compliance
Lightning Source LLC
Chambersburg PA
CBHW061745180626
46818CB00006B/2756